Deth & Corcal

LE BOIS DES MYSTĒRES

Les enfants-hiboux

Dessin et couleurs : David De Thuin

Scénario : Corcal

casterman

http://www.casterman.com

ISBN 2-203-35644-8

Imprimé en Belgique par Casterman imprimerie s.a., Tournai. Dépôt légal : novembre 2000 ; D. 2000/0053/332.
Déposé au ministère de la Justice, Paris (loi n°49.956 du 16 juillet 1949 sur les publications destinées à la jeunesse).

ALLÔ... ALLÔ... ICI, BOUTURE !.. J'APPELLE FILARDO ! RÉPONDEZ !..
ICI, FILARDO !
ICI, FILARDO !
JE VOUS REÇOIS CINQ SUR CINQ !
VICTOIRE ! NOUS AVONS RÉUSSI À ÉTABLIR NOTRE PREMIÈRE COMMUNICATION !
MAGNIFIQUE !
GRÂCE À NOTRE TÉLÉPHONE-YAOURT, NOUS SOMMES À PRÉSENT RELIÉS AU GRAND PIN ! C'EST UN JOUR HISTORIQUE ! UNE NOUVELLE ÈRE S'OUVRE POUR NOUS !
BIEN PARLÉ, BOUTURE ! ET UN JOUR VIENDRA OÙ TOUS LES ARBRES DE LA FORÊT SERONT RELIÉS À NOTRE GRAND CHÊNE !
BRAAAAVO ! BRAAAAVO !
ALLÔ... ALLÔ... ICI, FILARDO EN DIRECT DU GRAND PIN... VOUS ME RECEVEZ TOUJOURS BIEN ?
PARFAITEMENT, MON VIEUX ! CES YAOURTS SONT HYPERFIABLES !
LAISSE-MOI LUI PARLER !
ALLÔ, FILARDO ! ICI, QUENOUILLE... POURRAIS-TU ME RAMENER UN GROS SAC DE PIGNONS POUR LE GOÛTER ?
EXCELLENTE IDÉE ! PENDANT CE TEMPS, JE PRÉPARERAI UNE PÂTE À GÂTEAUX...
HEP, KWARTZ ! VAS DONC ME DÉNICHER DEUX OU TROIS ŒUFS.!
ÇA MÂÂÂÂRCHE ! ÇA MÂÂÂÂRCHE !
TAISEZ-VOUS ! JE N'ENTENDS PLUS RIEN !
BRRRROOOOOOOOOO...
JE CROIS QU'ON A ÉTÉ COUPÉS... Y A UN DRÔLE DE BRUIT SUR LA LIGNE...
ÉCOUTEZ !
ÇA, C'EST L'ORAGE QUI APPROCHE...

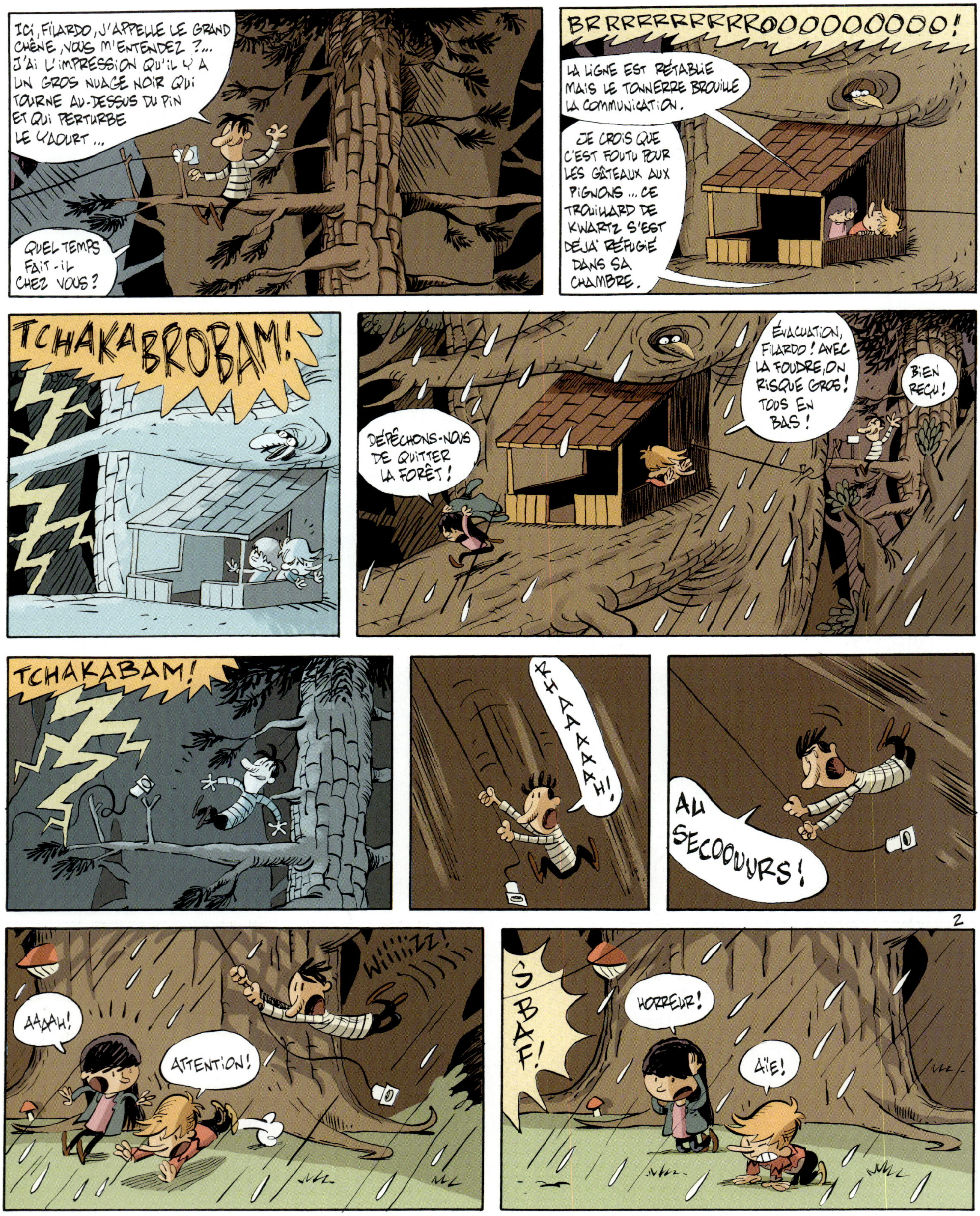
ICI, FILARDO, J'APPELLE LE GRAND CHÊNE, VOUS M'ENTENDEZ ?... J'AI L'IMPRESSION QU'IL Y A UN GROS NUAGE NOIR QUI TOURNE AU-DESSUS DU PIN ET QUI PERTURBE LE YAOURT ...
QUEL TEMPS FAIT-IL CHEZ VOUS ?
BRRRRRRRRRROOOOOOOOO !
LA LIGNE EST RÉTABLIE MAIS LE TONNERRE BROUILLE LA COMMUNICATION.
JE CROIS QUE C'EST FOUTU POUR LES GÂTEAUX AUX PIGNONS ... CE TROUILLARD DE KWARTZ S'EST DÉJÀ RÉFUGIÉ DANS SA CHAMBRE.
TCHAKABROBAM !
DÉPÊCHONS-NOUS DE QUITTER LA FORÊT !
ÉVACUATION, FILARDO ! AVEC LA FOUDRE, ON RISQUE GROS ! TOUS EN BAS !
BIEN REÇU !
TCHAKABAM !
AHAAAAAH !
AU SECOOOURS !
2
AAAAH !
WIIIIIZZ !
ATTENTION !
SBAF !
HORREUR !
AÏE !

EH BEN... C'EST PAS ENCORE AUJOURD'HUI QU'ON VA YAOURDOPHONER DANS LA FORÊT...
PAUVRE VIEUX.
BAH... ON REBRANCHERA TOUT ÇA DIMANCHE PROCHAIN.
TCHAKABRABAM!
FAUT PLUS TRAÎNER, LES GARS! CHACUN CHEZ SOI!
OUAIS! BIEN AU SEC DANS SA PETITE FAMILLE AVEC UN BON CHOCOLAT CHAUD!
TU PARLES! TREMPÉS COMME ON EST, ON VA SE FAIRE JETER!
ALLEZ! SALUT LES AMIS!
À DIMANCHE!
SALUT!
PIIIIIT!
PIIIIIT!
?
ET ALORS, BOUTURE? ENCORE EN TRAIN DE JOUER À L'EXPLORATEUR?
BEN...
3
JE NE VEUX PLUS QUE TU AILLES TE PROMENER TOUT SEUL DANS LA FORÊT! C'EST BIEN TROP LOIN DE LA MAISON! ET SOUS L'ORAGE ENCORE!
ON S'EST DRÔLEMENT BIEN AMUSÉS AVEC MES POTES, ON A INSTALLÉ LE TÉLÉPHONE DANS NOTRE CABANE ET...
DEUX HEURES! ÇA FAIT DEUX HEURES QU'ON TE CHERCHE! TA MÈRE EST TERRIBLEMENT INQUIÈTE!
ET TES DEVOIRS? TU ES SÛR QUE TU N'AS PAS DE DEVOIRS À FAIRE POUR DEMAIN?...
BWAARK... JE HAIS LES LUNDIS.

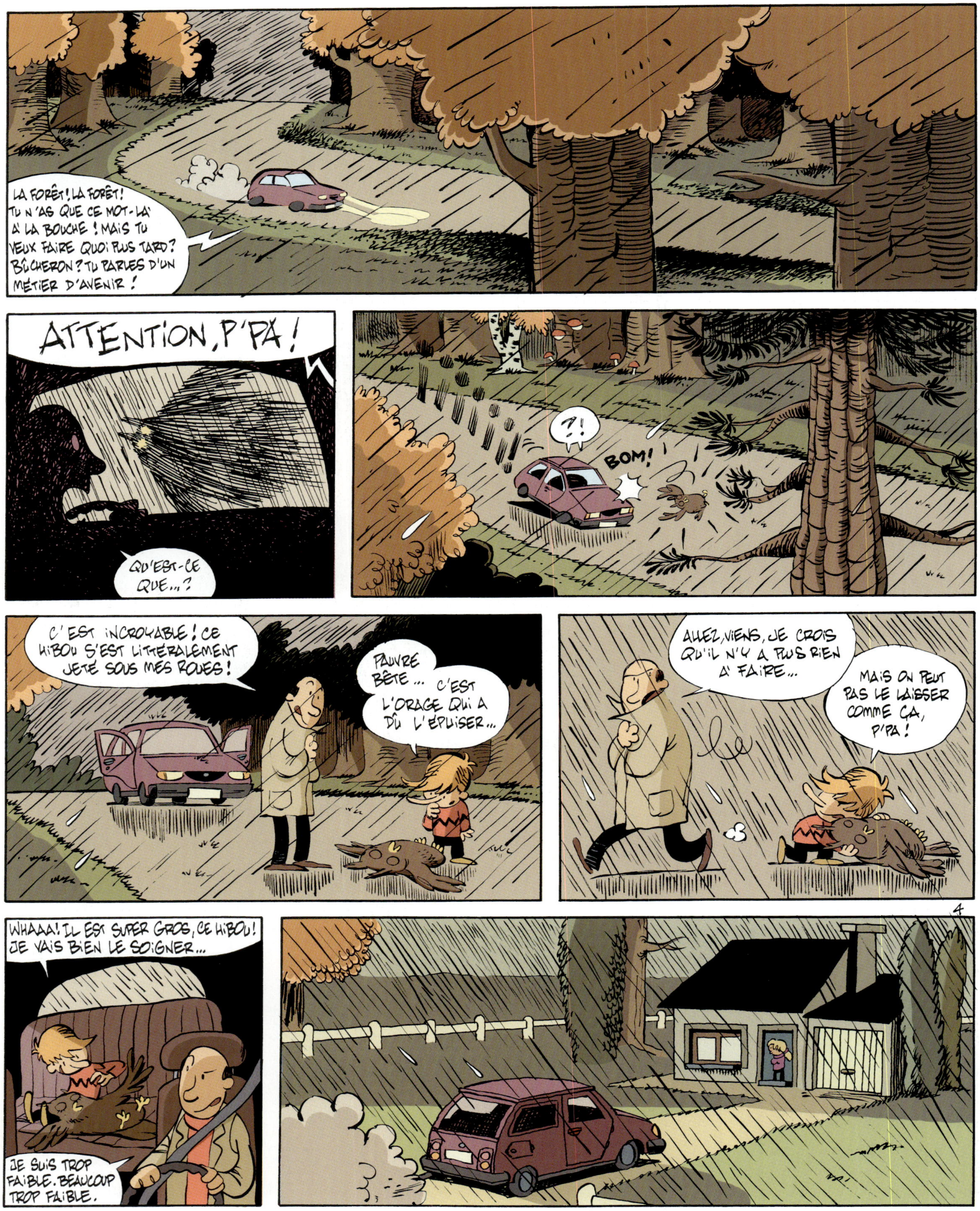
LA FORÊT! LA FORÊT! TU N'AS QUE CE MOT-LÀ À LA BOUCHE! MAIS TU VEUX FAIRE QUOI PLUS TARD? BÛCHERON? TU PARLES D'UN MÉTIER D'AVENIR!
ATTENTION, P'PA!
QU'EST-CE QUE...?
?!
BOM!
C'EST INCROYABLE! CE HIBOU S'EST LITTÉRALEMENT JETÉ SOUS MES ROUES!
PAUVRE BÊTE...
C'EST L'ORAGE QUI A DÛ L'ÉPUISER...
ALLEZ, VIENS, JE CROIS QU'IL N'Y A PLUS RIEN À FAIRE...
MAIS ON PEUT PAS LE LAISSER COMME ÇA, P'PA!
4
WHAAA! IL EST SUPER GROS, CE HIBOU! JE VAIS BIEN LE SOIGNER...
JE SUIS TROP FAIBLE. BEAUCOUP TROP FAIBLE.

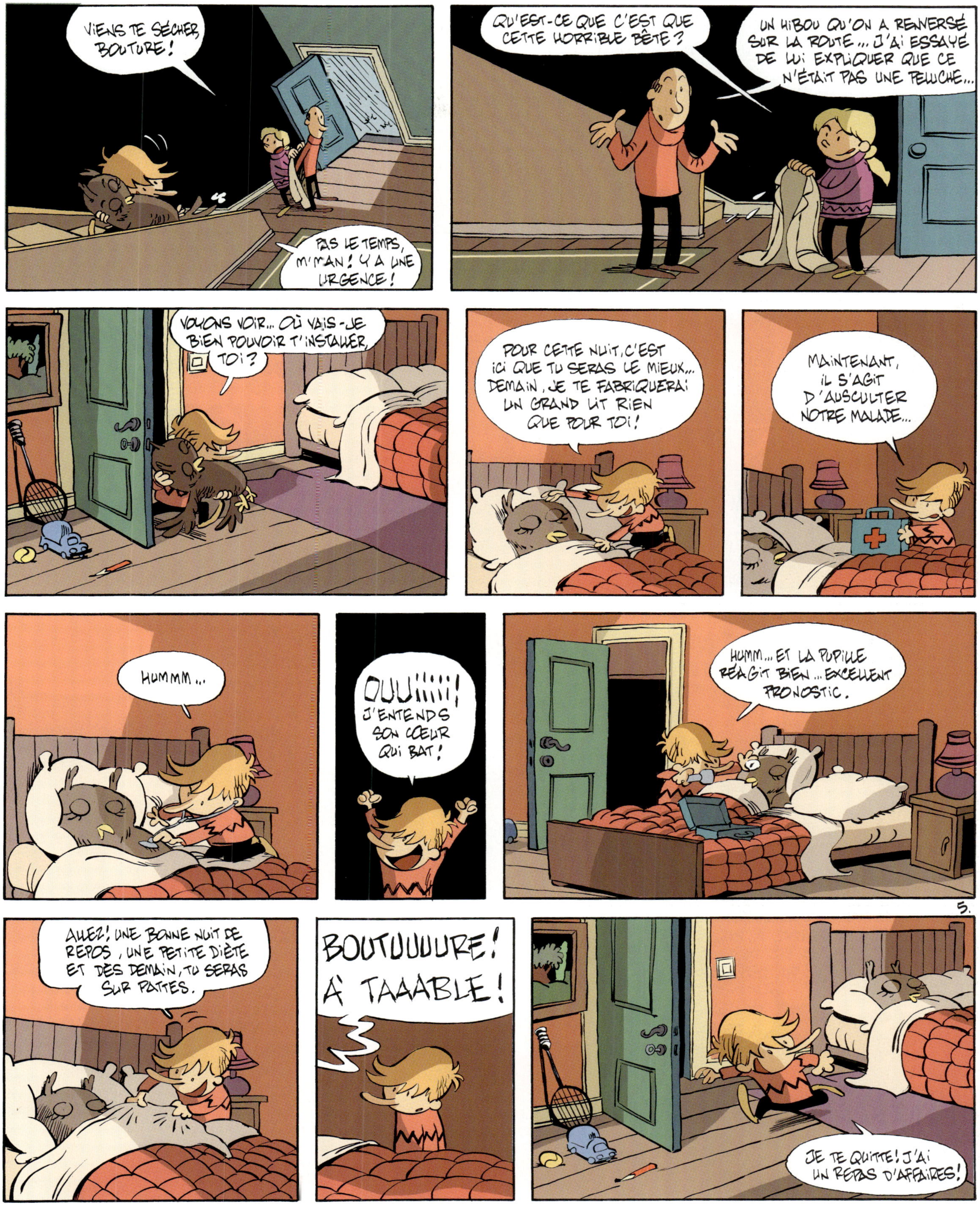

VIENS TE SÉCHER, BOUTURE !
PAS LE TEMPS, M'MAN ! Y A UNE URGENCE !
QU'EST-CE QUE C'EST QUE CETTE HORRIBLE BÊTE ?
UN HIBOU QU'ON A RENVERSÉ SUR LA ROUTE... J'AI ESSAYÉ DE LUI EXPLIQUER QUE CE N'ÉTAIT PAS UNE PELUCHE...
VOYONS VOIR... OÙ VAIS-JE BIEN POUVOIR T'INSTALLER, TOI ?
POUR CETTE NUIT, C'EST ICI QUE TU SERAS LE MIEUX... DEMAIN, JE TE FABRIQUERAI UN GRAND LIT RIEN QUE POUR TOI !
MAINTENANT, IL S'AGIT D'AUSCULTER NOTRE MALADE...
HUMMM...
OUUIIIII ! J'ENTENDS SON CŒUR QUI BAT !
HUMM... ET LA PUPILLE RÉAGIT BIEN... EXCELLENT PRONOSTIC.
5.
ALLEZ ! UNE BONNE NUIT DE REPOS, UNE PETITE DIÈTE ET DÈS DEMAIN, TU SERAS SUR PATTES.
BOUTUUUURE ! À TAAABLE !
JE TE QUITTE ! J'AI UN REPAS D'AFFAIRES !

EH BIEN, MON VIEUX, J'ESPÈRE QUE TU SERAS PLUS BAVARD DEMAIN, QU'ON PUISSE FAIRE LA CAUSETTE...
LE LANGAGE DES HIBOUX
BONNE NUIT !
CLIC !
BOOOUUUTUUURE... BOOOUUUTUUURE...
QU... QU'EST-CE QUE C'EST ?
BOUUUTUUURE... BOOUUUTUUURE...
UN HIBOU QUI PARLE ?
BOOUUUTUUURE, TU DOIS M'ÉCOUTER CAR JE N'EN AI PLUS POUR LONGTEMPS A' VIIIIIIVRE...
QU'EST-CE QUE C'EST QUE CETTE HISTOIRE ?
6
CE SOIR, JE DOIS ME RENDRE AU MANOIR DE LA BOBÉÉÉÉÉÉCHE ... C'EST DE LA PLUS HAUTE IMPORTANCE ... LE ROI DES HIBOUX ! LE ROI DES HIBOUX !
BON SANG ! IL DÉLIRE...
DANS... DANS MA POCHE INTÉRIEURE... SOUS... SOUS MON AILE ... UN MESSAGE... POUR LE ROI DES HIBOUX ! LE ROI DES HIBOUX !
?
JE... JE VAIS MOURIR... C'EST TOI QUI DEVRAS REMETTRE CE MESSAGE AU ROI DES HIBOUX ... CETTE NUIT... MANOIR DE LA BOBÉÉÉÉCHE...
MAIS C'EST IMPOSSIBLE ! LE MANOIR EST A' PLUS DE TROIS HEURES DE MARCHE ! JE NE POURRAI JAMAIS ALLER SI LOIN DANS LA FORÊT !

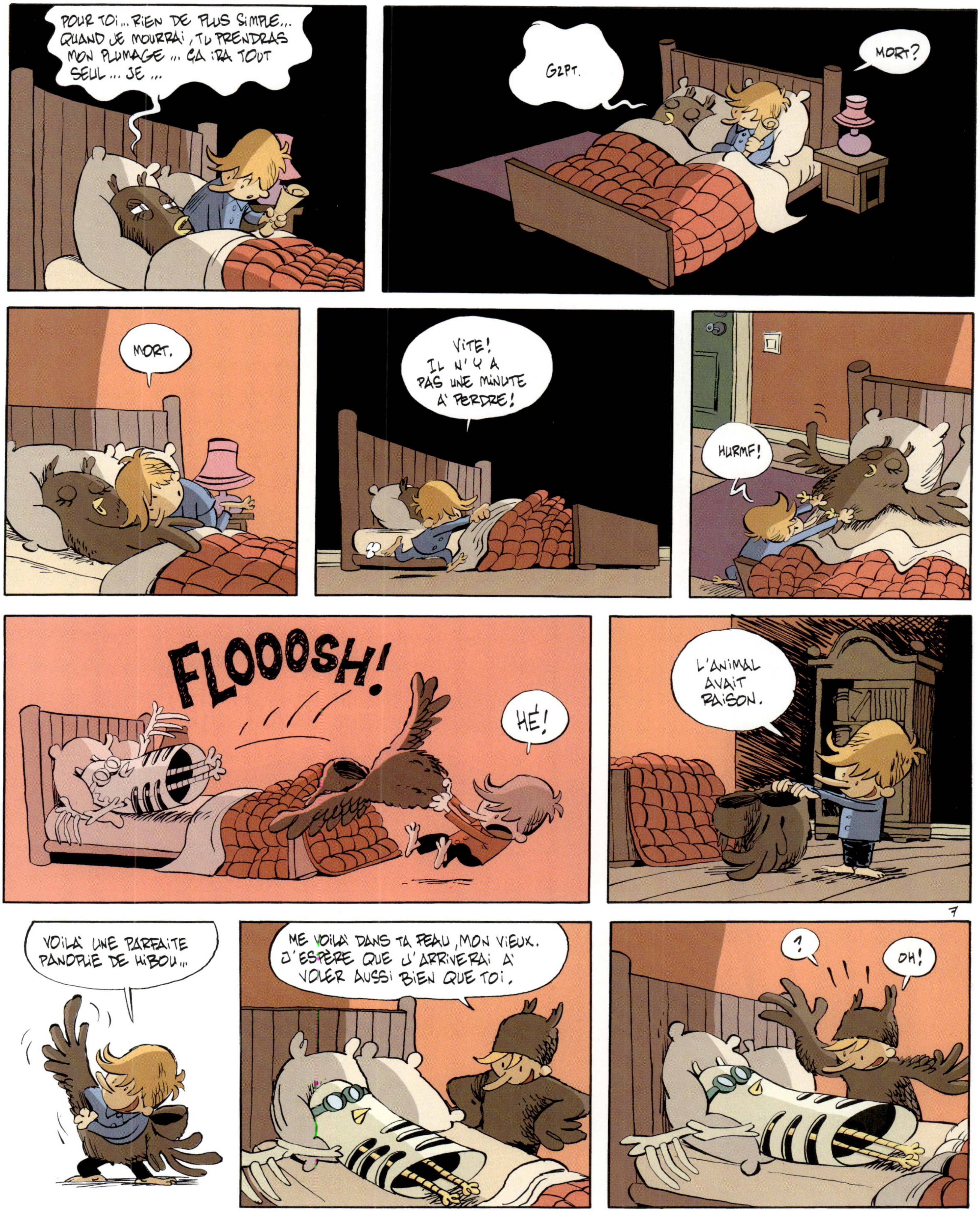

POUR TOI... RIEN DE PLUS SIMPLE... QUAND JE MOURRAI, TU PRENDRAS MON PLUMAGE... ÇA IRA TOUT SEUL... JE...
GZPT.
MORT?
MORT.
VITE! IL N'Y A PAS UNE MINUTE À PERDRE!
HURMF!
FLOOOSH!
HÉ!
L'ANIMAL AVAIT RAISON.
VOILÀ UNE PARFAITE PANOPLIE DE HIBOU...
ME VOILÀ DANS TA PEAU, MON VIEUX. J'ESPÈRE QUE J'ARRIVERAI À VOLER AUSSI BIEN QUE TOI.
?
OH!

MAIS JE N'AVAIS PAS VU QUE TU AVAIS DES LUNETTES...
GÉNIAL! GRÂCE À CES LUNETTES DE HIBOU, JE VAIS Y VOIR PARFAITEMENT CLAIR DANS LA NUIT!
MAINTENANT, JE CROIS QUE J'AI TOUT... LE MESSAGE EST DANS MA POCHE INTÉRIEURE...
IL NE ME MANQUE PLUS QU'UNE PETITE POINTE DE COURAGE... POUR ME LANCER...
À LA UNE... À LA DEUX...
... À LA TROIS!
AAAAAAAAH!
YOUPiiiiiii!
8

JE VOLE! JE VOLE! C'EST FANTASTIQUE! LES MAISONS SONT MINUSCULES!
WAOW! LA FORÊT EST ENCORE PLUS GRANDE VUE D'EN HAUT!
LÀ! C'EST NOTRE GRAND CHÊNE!
HÉ! HÉ! J'EN CONNAIS UN QUI VA AVOIR LA TROUILLE DE SA VIE!
JE SUIS LE SPECTRE DE LA NUIT!
BOUH!
BOUH!
BOUH!
BOUH!
BOUH!
KWAKWA KWA ?

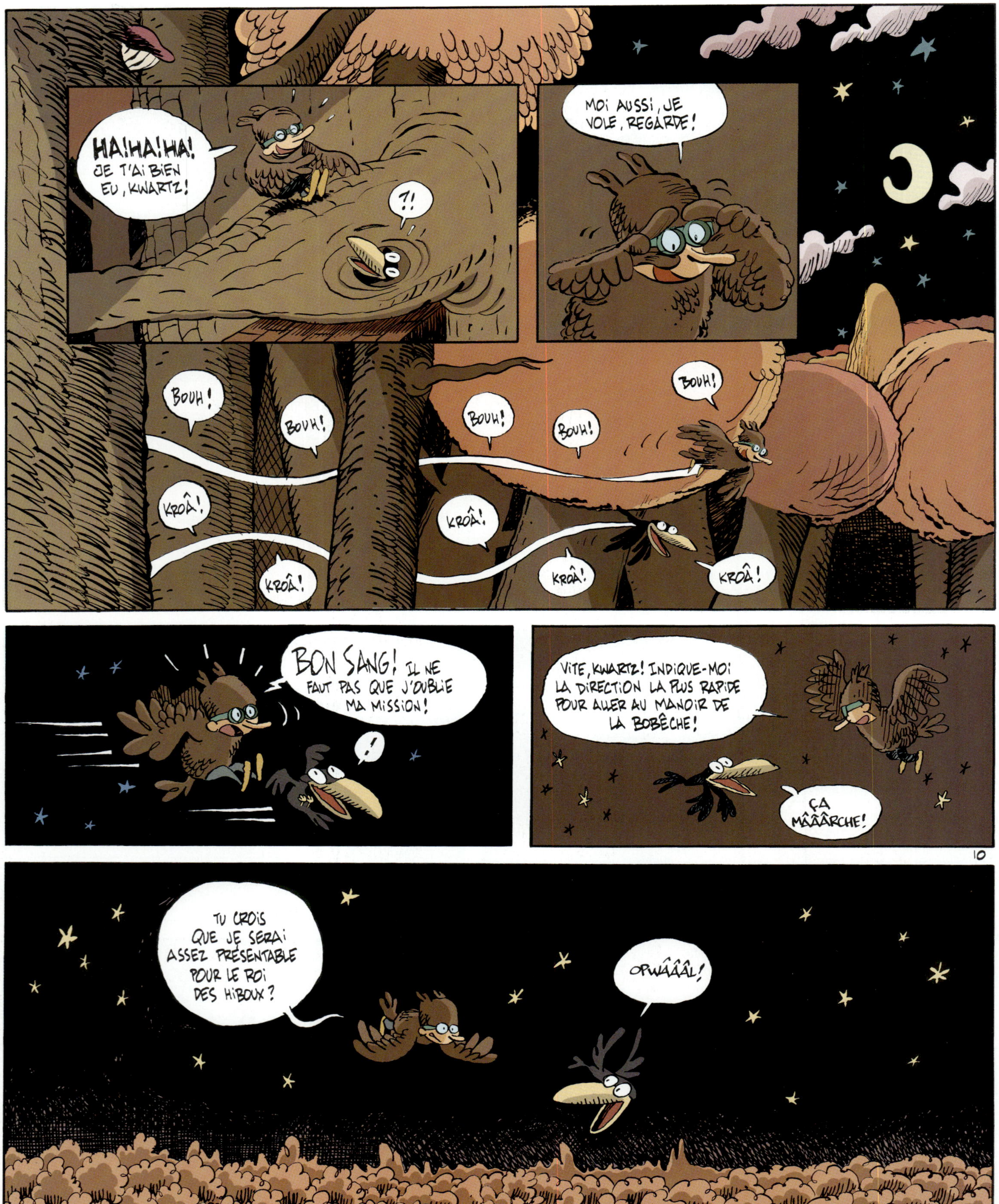
HA!HA!HA! JE T'AI BIEN EU, KWARTZ!
?!
MOI AUSSI, JE VOLE, REGARDE!
BOUH!
BOUH!
BOUH!
BOUH!
BOUH!
KROÂ!
KROÂ!
KROÂ!
KROÂ!
KROÂ!
BON SANG! IL NE FAUT PAS QUE J'OUBLIE MA MISSION!
!
VITE, KWARTZ! INDIQUE-MOI LA DIRECTION LA PLUS RAPIDE POUR ALLER AU MANOIR DE LA BOBÊCHE!
ÇA MÂÂÂRCHE!
10
TU CROIS QUE JE SERAI ASSEZ PRÉSENTABLE POUR LE ROI DES HIBOUX?
OPWÂÂÂL!

OH ! TU AS VU ÇA, KWARTZ ?... UN ÉTANG !
UN ÉTANG AU MILIEU DE LA FORÊT !... QUAND JE RACONTERAI ÇA AUX COPAINS !
?
ALLEZ ! EN RASE-MOTTE ! YAAAAAAAA !
PLOUF !
PLAOF !
AU SECOURS, KWARTZ ! UNE ERREUR DE PILOTAGE !... JE COULE !
KRÉTONNÊÊÊRRE !
KRMF !
RIEN À FAIRE ! JE SUIS TROP LOURD !... MES PLUMES PRENNENT L'EAU...
OOOH ! QU'EST-CE QUE... ?
?
DES CRAPAUDS ! ILS ONT GONFLÉ LEURS JOUES POUR ME FAIRE UN MATELAS PNEUMATIQUE...
GÂÂÂMIN PÂÂÂPRUDENT ! GÂÂÂMIN PÂÂÂPRUDENT ! GÂÂÂMIN PÂÂÂPRUDENT !

MERCI, LES GARS!
KRÔÂ! KRÔÂ!
HURMF!
BON SANG... MES PLUMES SONT COMPLÈTEMENT GORGÉES D'EAU... J'SUIS ENCORE TROP LOURD POUR M'ENVOLER...
SI SEULEMENT J'AVAIS DES ALLUMETTES POUR FAIRE UN BON FEU ET ME SÉCHER...
FÂÂÂCILE!
FÂÂÂCILE!
FÂÂÂCILE!
?
?
FIOUÎÎÎT!
FIOUÎÎÎT!
FIOUÎÎÎT!
FIOUÎÎÎT!
FIOUÎÎÎT!
FIOUÎÎT!
QUI M'APPELLE?
OH! UN FEU FOLLET!
RAMASSEZ-MOI DU BOIS MORT, DES HERBES SÈCHES, DES FEUILLES DE ROSEAU ET JE VOUS Y METS LE FEU!
AU TRAVAIL!
GRÂCE À VOUS, JE VAIS POUVOIR CONTINUER MON VOL JUSQU'AU MANOIR DE LA BOBÊCHE.
SOIS PRUDENT, PETIT, C'EST UNE RUINE PLEINE DE DANGERS.

ET PAR BONHEUR, VOYEZ, LE MESSAGE POUR LE ROI DES HIBOUX N'A PAS PRIS UNE GOUTTE ! PARFAITEMENT PROTÉGÉ DANS SA POCHE INTÉRIEURE.
AU REVOIR, LES AMIS ! À BIENTÔT !
SALUT !
ORVOÂÂÂR !
BOBÊÊÊCHE... BOBÊÊÊCHE...
AH ? C'EST ICI ?
OH OUI ! J'APERÇOIS UNE LUMIÈRE, LÀ-BAS !
?
VIENS, KWARTZ, PASSONS PAR LES SOUS-BOIS !
13

JE CROIS QU'ON N'EST PAS LES SEULS À AVOIR RENDEZ-VOUS. VOILÀ D'AUTRES HIBOUX QUI ARRIVENT...
BON, BEN... J'AI UN PEU LE TRAC, MAIS FAUT Y ALLER !...
EN CAS DE COUP DUR, JE COMPTE SUR TOI, HEIN, KWARTZ ?
VADSOÂÂÂÂ ! VADSOÂÂÂÂ !
ON NE PASSE PAS ! BOUH !
BOUH !
?!
?!
14
JE DOIS ABSOLUMENT ENTRER ! J'AI UN MESSAGE POUR VOTRE ROI !
POUR TOI, Y A PAS DE PROBLÈME, C'EST L'CORBAQUE QU'ON N'ACCEPTE PAS ICI !
ALLEZ, BOUH !
DÉSOLÉ, KWARTZ, JE CROIS QUE LA TENUE DE HIBOU EST DE RIGUEUR POUR CETTE SOIRÉE... ATTENDS-MOI DEHORS...
KROÂÂÂ GRR...

OUF... ME VOILÀ ENFIN DANS LA PLACE...
EH BEN... J'AI L'IMPRESSION QUE TOUS LES HIBOUX DU PAYS SE SONT DONNÉ RENDEZ-VOUS ICI... POUR TROUVER LE ROI LÀ-DEDANS, ÇA VA PAS ÊTRE DE LA TARTE...
AVEC UN PEU DE CHANCE, JE VAIS PEUT-ÊTRE EN DÉGOTTER UN AVEC UNE COURONNE ?
CHAMPAGNE, MONSIEUR ?
OH ! EUH... MERCI !
EXCUSEZ-MOI, MON BRAVE, POURRIEZ-VOUS ME CONDUIRE AUPRÈS DE VOTRE ROI ? J'AI UN MESSAGE DE LA PLUS HAUTE IMPORTANCE À LUI TRANSMETTRE ET...
LE ROI ?
LE ROI ! HOU ! HOU ! HOU ! LE ROI !
BIZARRE... CE SERVITEUR DOIT ÊTRE SOÛL...
BON SANG ! IL FAUDRA BIEN QUE QUELQU'UN FINISSE PAR ME RENSEIGNER... MAIS TOUS CES HIBOUX M'INTIMIDENT. À QUI DEMANDER ?
15
OH ! MAIS QU'EST-CE QUE C'EST QUE CET OISEAU GROTESQUE ?
MINCE !... CES JAMBES COMME DES SPAGHETTIS !... CETTE TOUFFE DE CHEVEUX NOIRS ! ET CES BASKETS !... MAIS ?! MAIS C'EST...
FILARDO !
BOUTURE !

COMMENT ES-TU ARRIVÉ ICI ?
CHUT ! PARLE PLUS BAS... IL NE FAUT PAS NOUS FAIRE REMARQUER.
ON EST ARRIVÉS DE LA MÊME MANIÈRE QUE TOI, PATATE !
QUENOUILLE !
CHUT !
VOUS VOULEZ DIRE QUE VOUS AUSSI VOUS AVEZ CROISÉ UN HIBOU ET PRIS SON PLUMAGE ?
EXACTEMENT.
OUAIS... MÊME QUE LE MIEN, C'ÉTAIT PAS UN GRAND DUC.
QUELLE COÏNCIDENCE INCROYABLE !
OUI, MAIS MOI, EN PLUS, J'AI UN TRUC SPÉCIAL !
?
?
JE DOIS REMETTRE UN MESSAGE AU ROI DES HIBOUX !
MOI AUSSI !
MOI AUSSI !
BIZARRE BIZARRE...
ET LE PLUS ÉTRANGE, C'EST JUSTEMENT CE MESSAGE... TU ME CONNAIS, J'AI PAS PU RÉSISTER À LA TENTATION D'Y JETER UN OEIL ET FIGURE-TOI...
16
...QU'IL N'Y A STRICTEMENT RIEN D'ÉCRIT LÀ-DESSUS !
QUOI ?!
HEIN ?!
ET SI C'ÉTAIT DE L'ENCRE INVISIBLE ?
HUMM... CETTE HISTOIRE N'EST VRAIMENT PAS NETTE... JE ME DEMANDE SI...
S'IL VOUS PLAÎT ! S'IL VOUS PLAÎT !

QUE TOUT LE MONDE SE RASSEMBLE AU MILIEU DE LA PIÈCE POUR ACCUEILLIR LE ROI !
CLAP! CLAP! CLAP!
?
OOOOOOOOH...
BONSOIR, MES P'TITS EMPLUMÉS ! HA! HA! HA! LE ROI DES HIBOUX, C'EST MOI, MOLESQUINE LA SORCIÈRE !
CLAC!
ET MAINTENANT, TOUT LE MONDE DANS LA VOLIÈRE !
CLANGBANG DANGCLANGDANG
ATTENTION !
MON DIEU !
AAAAH !
VOUS POUVEZ ENLEVER VOS PLUMAGES, MES OISILLONS... LÀ OÙ JE VOUS EMMÈNE, VOUS N'EN AUREZ PLUS JAMAIS BESOIN !
CLAC!
HA! HA! HA!

MINCE ! UNE SORCIÈRE !
ÇA TOURNE MAL !
OH ! REGARDEZ !
IL N'Y A PAS UN SEUL HIBOU DANS CETTE CAGE ! CE SONT DES ENFANTS COMME NOUS !
ÇA ALORS !
?
BOUHOUHOU...
ALLONS ! ALLONS ! RENDEZ-MOI VOS TENUES DE VOL !... ET PLUS VITE QUE ÇA OU JE VOUS TRANSFORME EN RATS !
CLAC !
MESSIEURS LES HIBOUX, VENEZ VOUS RHABILLER !
HIIIIII ! LES HIBOUX-SQUELETTES !
HORREUR !
CLOC ! TLOC ! CLOC ! TLOC ! CLOC ! TLOC !
AAAH... C'EST SI BON DE RETROUVER SES RÉMIGES !
ON SE SENTAIT TOUT NU...
TU PARLES D'UN FROID DANS LES VERTÈBRES !
18
HIK ! HIK ! HIK ! HIK ! HIK !
ET MAINTENANT, MES AGNEAUX, VOUS ALLEZ SAGEMENT ME SUIVRE !

LE PREMIER QUI PLEURE GOÛTERA DE MON FOUET !
HA!HA!HA! VOUS AVEZ GAGNÉ UN LONG SÉJOUR EN ENFER, MES P'TITS ! ÇA VOUS APPRENDRA À ÉCOUTER LE PREMIER HIBOU VENU !
PLUS JAMAIS VOUS NE REVERREZ VOS PARENTS ! ET VOUS REGRETTEREZ MÊME L'ÉCOLE !
ÇA, C'EST PAS SÛR ...

GARDES, OUVREZ CETTE PORTE ! ET LAISSEZ SORTIR LES VIEUX ENFANTS !
HIIIIAAAA !!!
OOOOOOOOH...
VOILÀ COMMENT VOUS SEREZ DANS QUATRE-VINGTS ANS, MES P'TITS COEURS ! HA ! HA ! HA !
LES VIEUX, VOUS POUVEZ RENTRER CHEZ VOS PARENTS ! VOUS AVEZ BIEN TRAVAILLÉ ! HA ! HA ! HA ! VOICI LA RELÈVE !
BONNE CHANCE, LES P'TITS GARS...
ON S'Y FAIT, VOUS VERREZ...
Y A PIRE COMME BOULOT...
FAUT BOSSER QUOI...
?
?
?
20
SILENCE DANS LES RANGS !
BOUHOUHOOUU...
AAAH... PRENDRE UN PEU D'BON TEMPS, ENFIN...
REVOIR LE SOLEIL...
LE QUOI ?...

L'EXPRESS DE MINUIT POUR LE CENTRE DE LA TERRE ! EMBARQUEMENT IMMÉDIAT ! HA ! HA ! HA !
ALLONS ! ALLONS ! PLUS VITE QUE ÇA !
HÉÉÉÉ ! POUSSEZ PAS !
SALE PIAF !
HURMPF !
APRÈS LE MONDE DES AIRS, VOUS ALLEZ FAIRE CONNAISSANCE AVEC LES TÉNÈBRES DU SOUS-SOL !...
EN AVANT TOUTE !
BAONG !
HÉÉÉ ?!
21
AU SECOOOOOOURS ! MAMAAAAAAAN !
TATANK TATANKTATAN
AAAAAAAAAAAAAAH...

J'ESPÈRE QUE ÇA VA RALENTIR! OU C'EST LE DÉRAILLEMENT ASSURÉ!
ACCROCHEZ-VOUS, LES GARS!
VA Y AVOIR DE LA CASSE!
VOILÀ UNE BONNE CHOSE DE FAITE! QUAND ON ROUVRIRA LA PORTE, CES MARMOTS AURONT QUELQUES PETITES RIDES DE PLUS! HA! HA! HA!
HURMF!
HURMF!
STOP! MALHEUREUX!... ARRÊTEZ, ARRÊTEZ TOUT!
?
?
LÀ-HAUT, BOUGRES D'ABRUTIS!
UN MAGNIFIQUE PAPILLON DE NUIT S'EST POSÉ SUR LE BATTANT!... ET VOUS ALLIEZ L'ÉCRASER!
?
?
SUPERBE! C'EST UN SPHINX À TÊTE DE MORT! IL ME LE FAUT ABSOLUMENT POUR MA COLLECTION!
VIENS ICI, TOI!
22

VITE ! PASSEZ-MOI UNE HALLEBARDE !
?
JE T'AURAI, P'TIT CANCRELAT ! VIENS QUE JE T'ÉPINGLE !
TOUTE CETTE AGITATION POUR UNE MINUSCULE BESTIOLE...
ÇA, C'EST LES FEMMES, MON GARS !
HÉ ! ON DIRAIT QUE ÇA RALENTIT...
C'EST PAS TROP TÔT !
TATANK ! TATANK !
SI VOS OREILLES SONT BOUCHÉES, AVALEZ VOTRE SALIVE !
QUELLE ZONE... MÊME PAS UN CHEF DE GARE...
JE CROIS QUE C'EST LE TERMINUS...
C'EST ÇA, L'ENFER ?
!
OH ! LÀ !
OH !
VOILÀ ENFIN L'ARRIVAGE DE CHAIR FRAÎCHE !...
23
PAR LE TRICORNE D'ASTAROTH ! OÙ EST DONC PASSÉ CE MAUDIT PAPILLON ?!

PEUUUUUUTIT... PEUTIPEUTIPEUTIT...
SI CETTE VIEILLE PEAU CROIT QUE JE VAIS GENTIMENT VENIR VOLETER DANS SES JUPONS, ELLE SE FOURRE LA HALLEBARDE DANS L'ŒIL...
JE TE TIENS, MON LÉPIDOPTÈRE !
PAS ENCORE !
KLANG !
DANG !
BLANG !
SALE CHENILLE VOLANTE ! JE VAIS TE TAILLER LES OREILLES EN POINTE !
VITE ! SAUTER DANS LA PREMIÈRE FENÊTRE QUI PASSE !
?
PAR ICI !
GARDES ! NE LE LAISSEZ PAS S'ÉCHAPPER ! IL ME LE FAUT ! IL ME LE...
?
INCAPABLES ! VOUS N'ÊTES QUE DE VIEILLES CHOUETTES INCAPABLES !
?
?
OUFFF...
24
EH BEN... ÇA ÇA CRAINT VRAIMENT, AU MANOIR... Y A DES NUITS COMME ÇA OÙ IL VAUDRAIT MIEUX ÊTRE ENCORE DANS SON COCON...

AAAAAH!
CLAC!
ÂÂÂMUZ GUEUL! ÂÂÂMUZ GUEUL! MIÂÂÂM...
?
PITIÉ! PITIÉ!!
LAISSEZ-MOI VIVRE!... OUVREZ VOTRE BEC!
AAAAH... DÉCIDÉMENT, C'EST MA FÊTE, CE SOIR!... HURMF!... D'ABORD, LA FOLLE DE LA BOBÊCHE, PUIS CE SALE CORBEAU QUI...
?!!?!!
BOBÊÊÊÊCHE? BOBÊÊÊCHE?
OUI, LE MANOIR DE LA BOBÊCHE!... J'EN REVIENS ET, CROYEZ-MOI, C'EST LE REPÈRE DU DIABLE, LÀ-BAS! J'Y AI MÊME VU DES ENFANTS PRISONNIERS DANS DES SOUTERRAINS!...
PRIIIIIISONNIER? BOUTÛÛÛÛÛÛÛRE! BOUTÛÛÛÛÛRE!
QUOI, BOUTURE? J'CONNAIS PAS DE BOUTURE, MOI...
CLAC!
HÉÉÉÉÉ!?
25
MAIS LÂCHEZ-MOI! AÏE!... SI VOUS ME LÂCHEZ, JE VOUS DIRAI TOUT CE QUE JE SAIS SUR LES TRAFICS DE CETTE SORCIÈRE.
BOUTÛÛÛÛÛÛRE! KRÉTONNÊÊRRE!
HÉÉÉÉ!
KÂÂTASTROFF! KÂÂTASTROFF!
QU'EST-CE QUI VOUS PREND?! VOUS N'ALLEZ TOUT DE MÊME PAS ME RAMENER AU MANOIR?! MILLE CHENILLES!

A... ALORS, SI JE COMPRENDS BIEN, VOUS... VOUS VOULEZ LIBÉRER CES GAMINS ?... DRÔLE D'IDÉE POUR UN CORBEAU...
BOUTÛÛÛÛRE ! BOUTÛÛÛÛRE !
ÉCOUTEZ, JE VOUS PROPOSE UN MARCHÉ : VOUS ME LÂCHEZ LA GRAPPE ET JE VOUS AIDE À ENTRER DANS CE MAUDIT MANOIR, O.K. ?
OKWÉÉÉÉ !
ENFIN !... C'EST PAS TROP TÔT !
LE PLUS DIFFICILE, C'EST D'ÉVITER LES HIBOUX-HALLEBARDIERS. MAIS J'AI UN PLAN, SUIVEZ-MOI...
EN RANG PAR DEUX, ET DE LA DISCIPLINE ! ON VA VOUS DISTRIBUER LE MATÉRIEL !
DES TAUPES !
QU'ELLES SONT LAIDES !
?
MARCEL ! AMÈNE LES GRIFFES !
26

VOILÀ ! VOILÀ...
ENFILEZ-MOI IMMÉDIATEMENT CES MOUFLES EN PEAU DE TAUPE ! EXÉCUTION !
BWEURK ! JAMAIS VU DES MOUFLES D'AUSSI MAUVAIS GOÛT !
AVEC ÇA, J'IRAIS BIEN VOLONTIERS SERRER LA PINCE DE MOLESQUINE...
HÉ ! HÉ !
SILENCE !
ET MAINTENANT, MES PETITES TAUPES, TOUT LE MONDE AU FOND DE LA GALERIE POUR CONTINUER LE TRAVAIL DE VOS AÎNES ! AU BOULOT !
AUX GRIIIIFFES, CITOYENS ! - CREUSEEEZ VOS GALERIES ! CREUSOOONS, CREUSOOONS - QU'UN SABLE IMPUUUR ABREUUUUUVE NOS SILLONS !
POURQUOI QU'ON DOIT CREUSER, M'SIEUR ?
TAIS-TOI ET CREUSE !
27

FAITES COMME MOI ,... ENROULEZ-VOUS DANS UNE DE CES VIEILLES TOILES D'ARAIGNÉES ...
?
FLOP!
FLOP!
ET MAINTENANT, EN AVANT!
SI J'AI BIEN CALCULÉ MON COUP, ON DEVRAIT ARRIVER À PÉNÉTRER DANS LE MANOIR ...
ATTENTION! C'EST LE MOMENT DE VÉRITÉ !... LAISSEZ-MOI FAIRE ...
FUYEZ, Ô MORTELS EMPLUMÉS! JE SUIS LE FANTÔME D'ENGUERRAN, SEIGNEUR DU MANOIR DE LA BOBÈCHE!
QU'EST-CE QUE ...?
OH!
DES SPECTRES!
AU SECOURS!
JE VIENS RECONQUÉRIR MON PETIT CHEZ MOI AVEC MA GENTE DAME! FUYEZ! FUYEZ!
HA!HA!HA! J'EN ÉTAIS SÛR! SOUS LEURS GROSSES PLUMES, Y A RIEN QUE DU JUS DE NAVET!
KOUÂÂÂR! KOUÂÂÂR!
GAFFE! EN VOILÀ D'AUTRES!
FUYEZ, OISEAUX DE MALHEUR! FUYEZ OU VOTRE CROUPION IRA GRILLER EN ENFER!
LE MANOIR EST HANTÉ!
KOCHEMÂÂÂR! KOCHEMÂÂÂR!
MAMAN!
28
VOTRE DERNIÈRE HEURE DE VOL A SONNÉ!
NOOON!
NOOON!
PITIÉ!
KOCHEMÂÂÂR!

HA! HA! JE ME SUIS JAMAIS TANT ÉCLATÉ!
KROÂÂ! TOU!
LÀ! EN VOILÀ UN QUI TOURNE DANS UN CUL-DE-SAC! ON VA LE FAIRE MOURIR DE PEUR!
INFÂÂÂRCTUS! INFÂÂÂRCTUS!
HOOUUU...
VADE RETRO SATANAS!
INFÂÂÂRCTUS!
À PRÉSENT, TU VAS REJOINDRE LE PAYS DE TES ANCÊTRES!
TÉNÈÈÈBRES! TÉNÈÈÈBRES!
PITIÉÉÉ!
LAISSEZ-MOI VIVRE! J'AI... J'AI UNE VIEILLE CHOUETTE DE BELLE-MÈRE À MA CHARGE, ET UNE FEMME AVEC UNE COUVÉE NOMBREUSE!
TROTÂÂÂRD! TROTÂÂRD!
OH ET PUIS ZUT!... JE VENDRAI CHÈREMENT MES PLUMES!
ATTENTION! IL SE SAUVE!
?
PAR LA CHEMINÉE! LA VOIE EST LIBRE!
29
HA! HA! QUEL TROUILLARD!
FROUT!
FROUT!
KWARF! KWARF! KWARF!
FROUT!
TE VOILÀ VRAIMENT AU PAYS DES TÉNÈBRES! HA! HA! ET ENCORE MERCI POUR LE RAMONAGE!
HURMF!
UN BON BAIN, UNE SOURIS, ET AU LIT!

HÉ ! HÉ ! ENCORE UN HIBOU QUI NE SORTIRA PLUS LA NUIT...
OOOH...
MA TÊTE...
AAAAAAAH...
KWÂÂ ?
SPLOT !
MILLE MILLIÂÂÂÂRD DE KÂÂTASTROFF !
BLUB !
BLUB !
BLUB !
KÂÂTASTROFF ! KÂÂTASTROFF !
TOUILLE ! TOUILLE ! TOUILLE !
HURMF !
HAAARG...
TU... TU M'AS SAUVÉ LA VIE, KWARTZ... CE SONT LES MAUVAISES EFFLUVES DE CETTE MIXTURE QUI M'ONT FAIT TOURNER LES ANTENNES...
MOINZÛÛNE ! MOINZÛÛNE !
C'EST BON ! JE CROIS QUE J'AI RÉCUPÉRÉ TOUTES MES CAPACITÉS DE VOL !
FLAP !
FLAP !
PAR CONTRE, MAINTENANT QUE NOUS AVONS PERDU NOS DÉGUISEMENTS NOUS N'IMPRESSIONNERONS PLUS PERSONNE...
POUR LIBÉRER LES GAMINS, VA FALLOIR JOUER SERRÉ...
BOUTÛÛÛRE... BOUTÛÛÛRE...
30
CREUSER, TOUJOURS CREUSER ! ... J'EN AI ASSEZ DE CETTE VIE DE TAUPE !
OUAIS... ON EST EN TRAIN DE S'ENTERRER, ICI...
MOI, JE FERAIS BIEN UNE PETITE PAUSE...
EN TOUT CAS, CES SALES TAUPES, ELLES NE SEMBLENT PAS FAIRE DE PAUSE...
C'EST À CROIRE QU'ELLES NE FERMENT JAMAIS L'ŒIL...
ET QUELS YEUX ! ... ON DIRAIT DES LASERS QUI NOUS TRANSPERCENT.

C'EST TERRIBLE D'ÊTRE FIXÉ COMME ÇA EN PERMANENCE ...
ET SI, PAR MALHEUR, TU RELÂCHES UN PEU LE TRAVAIL, T'ES MÛR POUR UN BON COUP DE PIQUE DANS LES FESSES ...
OH ET PUIS ZUT ! Y EN A MARRE !
JE VIENS ENCORE DE ME CASSER UN ONGLE ! CETTE FOIS-CI, C'EST DÉCIDÉ : JE QUITTE MES GRIFFES !
T'ES FOLLE, QUENOUILLE ! REMETS TES MOUFLES !
LES TAUPES VONT TE PASSER UN DE CES SAVONS !
QU'ELLES Y VIENNENT, LES TAUPES, QU'ELLES OSENT SEULEMENT S'ATTAQUER À UNE FAIBLE FEMME ET ELLES VERRONT DE QUEL BOIS JE ME...
OH ! ÇA ALORS !
REGARDEZ ÇA !... LES TAUPES NE BOUGENT PAS !
ET POURTANT, ON S'EST ARRÊTÉ DE CREUSER ...
ELLES ONT L'AIR EMPAILLÉES...
CHUUUUT ! FAITES SILENCE... JE CROIS COMPRENDRE...
EN FAIT, CES TAUPES SONT EN TRAIN DE ROUPILLER COMME DES LOIRS...
LES YEUX GRANDS OUVERTS ?
LEURS GROS YEUX, C'EST RIEN QU'UNE RUSE GROSSIÈRE... VOYEZ...
CES TAUPES N'ONT JAMAIS EU D'YEUX ! CE SONT DES FAUX !
OOOOOOH...
ELLES N'EN ONT JAMAIS EU BESOIN ! LES TAUPES SONT DES ANIMAUX AVEUGLES QUI VIVENT DANS LE NOIR !
JE VOIS ÇA... C'ÉTAIT RIEN QUE DE LA FRIME POUR NOUS IMPRESSIONNER ...
GRÂCE À CE STRATAGÈME, ELLES POUVAIENT DORMIR TRANQUILLEMENT EN FAISANT SEMBLANT DE NOUS SURVEILLER... PAS BÊTE !...
MMGNRF...
OUAAARF !
QU'EST-CE QUE...?
ATTENTION ! ELLES SE RÉVEILLENT !

?
?
SBONG!
À MOI, LES COPAINS!
SBONG!
SBONG!
YAAAAH! DANS LE MILLE!
LES VOILÀ PARTIES AU PAYS DU SOMMEIL!
LE MARCHAND DE SABLE EST PASSÉ!
LES GRAINS ÉTAIENT PEUT-ÊTRE UN PEU GROS...
ON A GAAAGNÉ! ON A GAAAGNÉ!
NE CRIEZ PAS TROP VITE VICTOIRE, LES MIOCHES... ON N'EST PAS ENCORE SORTIS DE L'AUBERGE!
JE VAIS LEUR TRICOTER DE BEAUX PYJAMAS EN CORDE...
AVEC ÇA, ELLES SERONT AUSSI DANGEREUSES QUE DU SAUCISSON À L'AIL!
HUMM... MAINTENANT, IL NOUS FAUT REMONTER VERS LA SURFACE... MAIS COMMENT REFAIRE EN SENS INVERSE TOUTE CETTE GRANDE DESCENTE?
...
J'AI UNE IDÉE!
CHUUUT! CESSE DE FAIRE CLAQUER TES AILES, KWARTZ!... ON RISQUE DE NOUS ENTENDRE... ET ON DIRAIT QU'IL Y A DU MONDE DANS CETTE PIÈCE, LÀ-BAS...
32
HA! HA! HA!
HO! HO! HO!
WARF! WARF!
?
?
JE CROIS QU'ON EST TOMBÉ SUR LA SALLE DE GARDE DES HIBOUX-HALLEBARDIERS.
ET CELLE DE LA CHAUVE-SOURIS QUI A PERDU SON SLIP, TU LA CONNAIS?
NON, NON! VAS-Y!...
WARF! WARF!
LE GROS DES TROUPES DE MOLESQUINE EST AU REPOS DANS CETTE PIÈCE... SI SEULEMENT JE POUVAIS...

MAIS OUI, MILLE CHENILLES ! C'EST UN PEU RISQUÉ, MAIS ON A PEUT-ÊTRE UNE BONNE CARTE À JOUER...
...ET ALORS, LA CHAUVE-SOURIS LUI RÉPOND : "MOI, PERSONNELLEMENT, JE PRÉFÈRE LES SLIPS ROSES !"
TU VOIS CETTE FENÊTRE QUI SE TROUVE JUSTE EN FACE DE LA SALLE DES HIBOUX ? IL FAUDRAIT QUE TU ME CASSES LA VITRE
D'UN GRAND COUP DE BEC !
TU ES IMPAYABLE, GEORGES !
WARF ! WARF ! WARF !
HO ! HO ! HO !
BON SANG ! SI JAMAIS J'AI FAIT UNE ERREUR DE CALCUL, C'EST LA CATASTROPHE !
HA ! HA ! HA ! ET CELLE DE L'ÉCUREUIL QUI A PERDU SES NOISETTES, TU LA CONNAIS ?
WARF ! WARF ! WARF !
CLINDZIGLINGDZING !
HOLÀ ! QU'EST-CE QUE C'EST QUE CE TRUC ?
ÇA VIENT DU COULOIR.
TU... TU CROIS QU'C'EST LES FANTÔMES ?
À LA GARDE ! À LA GARDE !
ÇA MARCHE ! VIVE LES COURANTS D'AIR !
VLAM !
ET MAINTENANT, À MOI DE JOUER !
?
HURMF ! HRMF !
CLIC ! CLAC !
ÇA Y EST, J'AI RÉUSSI À ENFERMER CES GROS LARDONS !
VICTOÂÂÂRE ! VICTOÂÂÂRE !
JE M'Y SUIS UN PEU FROISSÉ LES AILES, MAIS ÇA VALAIT LE COUP ! LA VOIE EST LIBRE POUR DÉLIVRER LES GAMINS !
OUVREZ !
OUVREZ !
BOUTÛÛÛRE ! BOUTÛÛÛRE !
VOUS AVEZ BIEN COMPRIS LE PLAN, LES MÔMES ?... SURTOUT VOUS CONTINUEZ À BIEN CREUSER LE BOYAU POUR NE PAS ÉVEILLER LES SOUPÇONS DE MOLESQUINE. CETTE FOUTUE SORCIÈRE EST CAPABLE DE RAPPLIQUER AVEC SES GARDES SI LES CREUSEMENTS NE SE RÉPERCUTENT PLUS DANS LE MANOIR...
ALORS, MES GROSSES ? PRÊTES À NOUS REMONTER À LA SURFACE ?
NE VOUS INQUIÉTEZ PAS... ON REVIENDRA TRÈS VITE AVEC DU SECOURS !
GRRR...
33

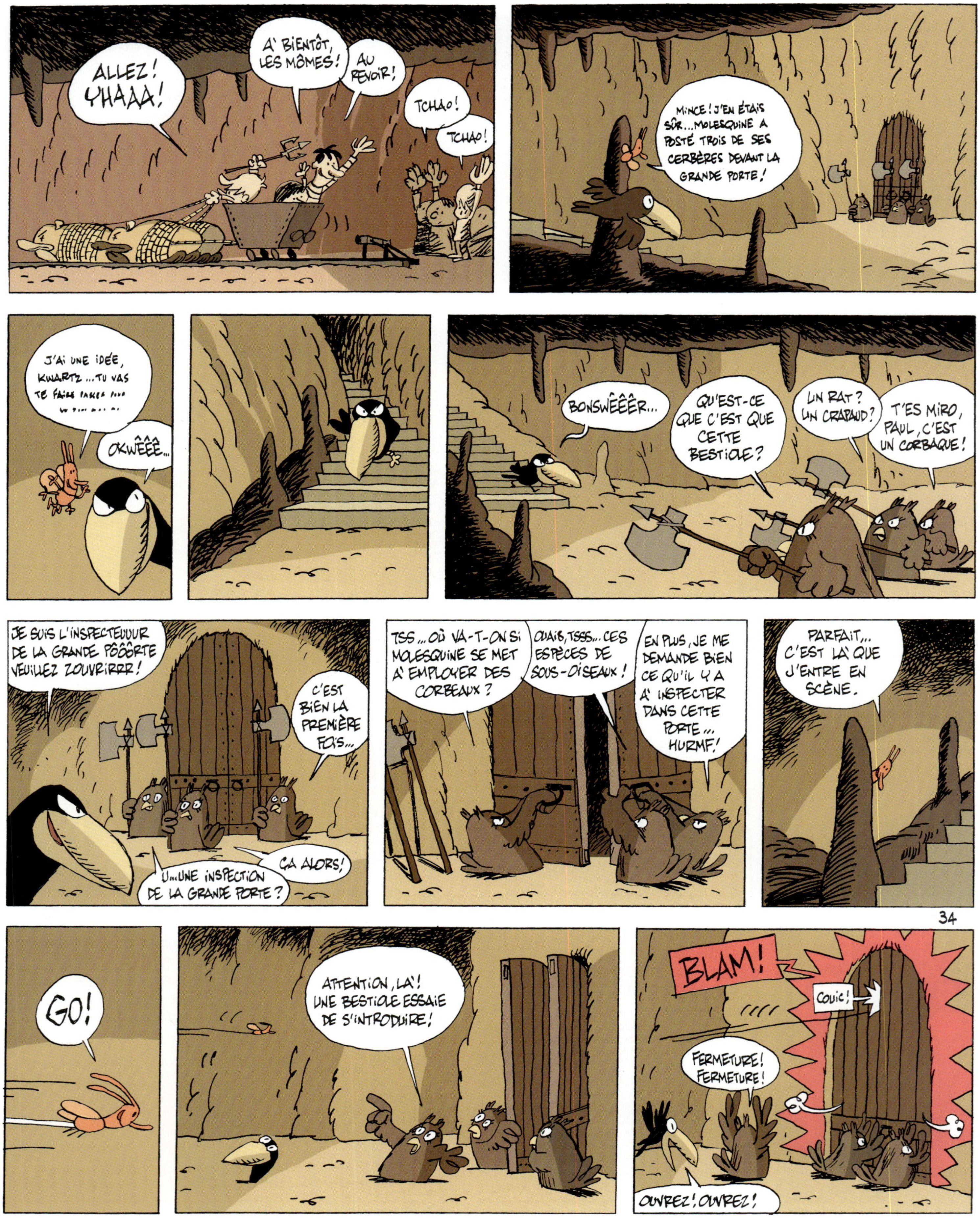
ALLEZ ! YHAAA !
A' BIENTÔT, LES MÔMES !
AU REVOIR !
TCHAO !
TCHAO !
MINCE ! J'EN ÉTAIS SÛR... MOLESQUINE A POSTÉ TROIS DE SES CERBÈRES DEVANT LA GRANDE PORTE !
J'AI UNE IDÉE, KWARTZ... TU VAS TE FAIRE
OKWÊÊÊ...
BONSWÊÊÊR...
QU'EST-CE QUE C'EST QUE CETTE BESTIOLE ?
UN RAT ? UN CRAPAUD ?
T'ES MIRO, PAUL, C'EST UN CORBAQUE !
JE SUIS L'INSPECTEUUUR DE LA GRANDE PÔÔÔRTE VEUILLEZ ZOUVRIRRR !
C'EST BIEN LA PREMIÈRE FOIS...
U... UNE INSPECTION DE LA GRANDE PORTE ?
ÇA ALORS !
TSS... OÙ VA-T-ON SI MOLESQUINE SE MET À EMPLOYER DES CORBEAUX ?
OUAIS, TSSS... CES ESPÈCES DE SOUS-OISEAUX !
EN PLUS, JE ME DEMANDE BIEN CE QU'IL Y A À INSPECTER DANS CETTE PORTE... HURMF !
PARFAIT... C'EST LÀ QUE J'ENTRE EN SCÈNE.
34
GO !
ATTENTION, LÀ ! UNE BESTIOLE ESSAIE DE S'INTRODUIRE !
BLAM !
COUIC !
FERMETURE ! FERMETURE !
OUVREZ ! OUVREZ !

HORREUR! HORREUR!
HÉ! HÉ! VOILÀ LA P'TITE BÊTE MANGÉE PAR LA GROSSE PORTE.
HA!HA! DE LA CRÊPE DE PAPILLON!
MAINTENANT, ON VA S'OCCUPER DU SOI-DISANT INSPECTEUR...
NOUS TENDRE UN PIÈGE AUSSI GROSSIER.
J'VAIS LUI ROUGIR SES PLUMES, À CE CORBAQUE...
KRIIIMINELS! KRIIIIMINELS!
HURMF!
CRRR... CRRIAAARR...
?
?
?
CRRAC... CRIIAACRR...
HURPF! GNAARRMF!
CRACBANGDAGABLANG!
KLANG!
VLAM!
BLANG!
COUIC!
AAH! JE ME SENS EN PLEINE FORME! LA MIXTURE DANS LAQUELLE JE SUIS TOMBÉ N'Y EST SÛREMENT PAS POUR RIEN.
MIRÂÂÂCLE!
HÉÉÉÉ! KWARTZ! KWARTZ! ON EST LÀ!
?
BOUTÛÛÛÛRE! QUEEUUUNOUILLE! FILÂÂÂÂRDO!
IL N'Y A PAS DE TEMPS À PERDRE, LES AMIS, IL NOUS FAUT QUITTER LE MANOIR!
?

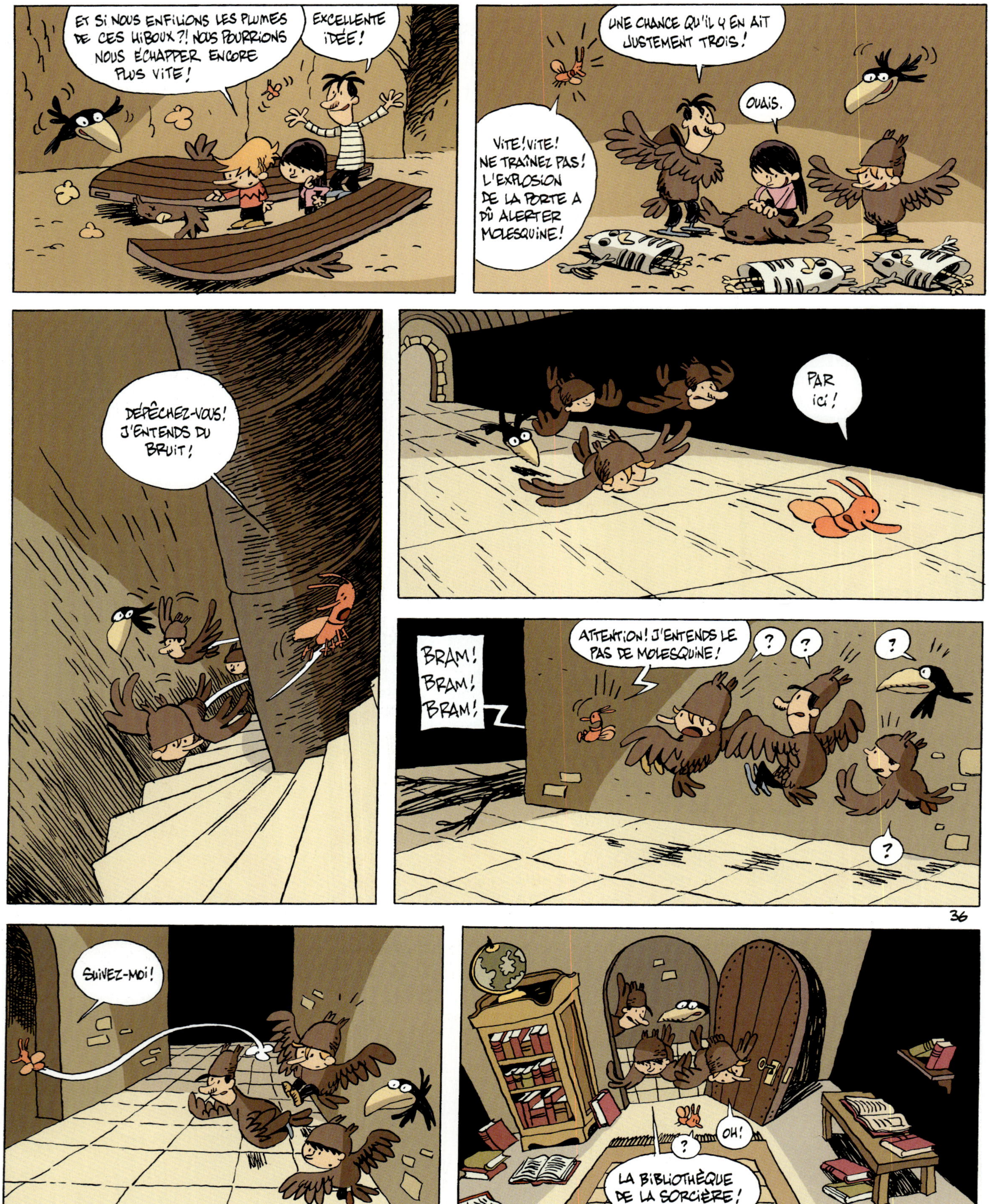

ET SI NOUS ENFILIONS LES PLUMES DE CES HIBOUX ?! NOUS POURRIONS NOUS ÉCHAPPER ENCORE PLUS VITE !
EXCELLENTE IDÉE !
UNE CHANCE QU'IL Y EN AIT JUSTEMENT TROIS !
OUAIS.
VITE ! VITE ! NE TRAÎNEZ PAS ! L'EXPLOSION DE LA PORTE A DÛ ALERTER MOLESQUINE !
DÉPÊCHEZ-VOUS ! J'ENTENDS DU BRUIT !
PAR ICI !
BRAM ! BRAM ! BRAM !
ATTENTION ! J'ENTENDS LE PAS DE MOLESQUINE !
?
?
?
?
36
SUIVEZ-MOI !
?
OH !
LA BIBLIOTHÈQUE DE LA SORCIÈRE !

BON SANG ! J'AI FAIT UNE BÊTISE ! NOUS NE POURRONS PAS NOUS ENVOLER D'ICI ! IL N'Y A AUCUNE FENÊTRE !
ON EST MAL BARRÉS !
KROÂÂ ! KROÂÂ !
UN MÔÔÔNSTRRRE ! UN MÔÔÔNSTRRRE !
MON DIEU ! QUELLE HORRIBLE BÊTE !
ET LÀ, ON DIRAIT LE MANOIR DE LA BOBÊCHE !
HORREUR !... JE CROIS COMPRENDRE...
CETTE VIEILLE IMAGE INDIQUE AVEC PRÉCISION QU'UN DRAGON VIT SOUS LE MANOIR !
C'EST FOU !
BAH !... ENCORE UNE DE CES LÉGENDES !
NON ! CE N'EST PAS UNE LÉGENDE, MES P'TITS OISEAUX !
VLAM !
CE MONSTRE EXISTE RÉELLEMENT SOUS LE MANOIR, DANS UNE GROTTE QUI COMMUNIQUE AVEC LES ENFERS ! HA ! HA ! HA !
COMPLÈTEMENT GIVRÉE, LA VIEILLE !
DEPUIS DES SIÈCLES ET DES SIÈCLES, JE FAIS CREUSER UNE GALERIE SOUS LE MANOIR POUR REJOINDRE LE MONSTRE ! DES GÉNÉRATIONS D'ENFANTS Y SONT PASSÉES ! MAIS JE SENS QUE LE JOUR OÙ JE VAIS L'ATTEINDRE EST PROCHE !
ET CE JOUR-LÀ, QUAND LE MONSTRE REMONTERA À LA SURFACE, CE SERA LA FIN DU MONDE ! IL N'OBÉIRA QU'À MOI ET JE TIENDRAI LA PUISSANCE ABSOLUE ! HA ! HA ! HA !
TU PARLES !
TU TE FERAS BOUFFER COMME TOUT LE MONDE...
TOUTES VOS PETITES VILLAS IMMONDES EN LISIÈRE DE LA FORÊT SERONT BROYÉES ! EXTERMINÉES ! TOUTES LES VILLES ! IL N'Y AURA PLUS QU'UNE GRANDE FORÊT SOMBRE QUI COUVRIRA LES TERRES ! COMME AU BON VIEUX TEMPS !
37
M'DAME MOLESQUINE ! BOUH !
BOUH ! BOUH ! ILS NOUS ONT VOLÉ NOS PLUMES !
MÉFIEZ-VOUS DU PAPILLON, C'EST UN TEIGNEUX ! BOUH !
NE VOUS INQUIÉTEZ PAS, MES P'TITS SQUELETTES ! JE SAIS QUE CET HORRIBLE INSECTE A PLONGÉ DANS MA MIXTURE... MAIS SON EFFET MAGIQUE EST EXTRÊMEMENT LIMITÉ DANS LE TEMPS ! HA ! DANS CINQ SECONDES, IL SERA AUSSI COSTAUD QU'UNE VIEILLE CHAUSSETTE !
?!

CINQ... QUATRE... TROIS... DEUX... UN...
VITE ! VITE ! PROFITER ENCORE DE MES DERNIÈRES MIETTES DE FORCE ! JE...
RHAAAAAA !
BRA BADA BLANG !
LA... LA VOIE EST LIBRE, LES GARS !
MINCE ALORS...
EN AVANT, LES GARS !
YAAAAA !
VITE ! RATTRAPEZ-LES MOI ! IMBÉCILES !
ON PEUT PAS, M'DAME MOLESQUINE. ON N'A PLUS NOS PLUMES !...
JE VOUS COLLE DES FEUILLES SUR VOS PETITS OS. AVEC ÇA, VOUS VOLEREZ AUSSI BIEN QUE DES AVIONS EN PAPIER ! HA ! HA !
VOUS... VOUS ÊTES SÛRE ?
?
?
38
MAINTENANT, IL FAUT ALLER CHERCHER DU SECOURS POUR LIBÉRER LES GOSSES !
MAIS OÙ EST DONC PASSÉ LE PAPILLON ?
LA TRAVERSÉE DU MUR A DÛ L'ACHEVER ...
?
CREVÉ... J'SUIS CREVÉ... MOLESQUINE AVAIT RAISON... JE N'AI PLUS AUCUNE FORCE...
HALALAA... C'EST PAS UNE VIE D'ÉPHÉMÈRE ÇA...
FOYER, DOUX FOYER...
CLAC !

ALERTE, LES GARS ! ON EST SUIVIS !
LES HIBOUX ?
OUAIS ! ET ON DIRAIT MÊME LES TROIS SQUELETTES !... JE ME DEMANDE BIEN COMMENT ILS FONT POUR VOLER SANS LEURS PLUMES !
ILS SONT EN TRAIN DE NOUS RATTRAPER !
GÉNIALE, L'IDÉE DE MOLESQUINE ! AVEC ÇA, ON AURA TÔT FAIT D'INTERCEPTER LES GAMINS.
MOI, J'DÉTESTE TOUS CES POST-IT !
ILS SE RAPPROCHENT ENCORE !
?
LÀ ! EN BAS ! C'EST L'ÉTANG !... VITE, PIQUEZ AVEC MOI !
HO ! HO ! ILS PIQUENT POUR NOUS ÉCHAPPER !
RUSE GROSSIÈRE D'AVIATEURS DE PACOTILLE !
ON VA LES NOYER DANS L'ÉTANG !
?
?
HOLÀ ! C'EST QUOI ÇA ?
FRCHHHHHHHHHH
HÉÉ ?!
ATTENTION !
FROUCH !
RHÂÂ !
UN MISSILE, LES GARS ! J'AI ÉTÉ TOUCHÉ PAR UN MISSILE ! AU SECOURS !
FAIS GAFFE !
T'APPROCHE PAS, PAUL, TU VAS NOUS...
39
C'ÉTAIT QUOI, CETTE FUSÉE ?
EN TOUT CAS, ILS PASSENT UN MAUVAIS QUART D'HEURE LÀ-HAUT...
JE CROIS SAVOIR...

HORREUR ! ÇA BRÛLE COMME DE LA PAILLE, CES PAPELARDS !
ON EST FICHUS !
MAMAAAAN !
?
LE FEU FOLLET ! J'EN ÉTAIS SÛR !
QUI C'EST CELUI-LÀ ?
HAAAAAAAA !
QUAND JE VOUS AI VUS EN DANGER, J'AI EU ENVIE DE VOUS FAIRE UNE PETITE DÉMONSTRATION DE MES CAPACITÉS PYROTECHNIQUES...
BRAVO ! C'ÉTAIT TRÈS RÉUSSI !
VOUS AVEZ ÉTÉ MAGNIFIQUE...
ON VOUS DOIT UNE FIÈRE CHANDELLE... VOUS NOUS AURIEZ ÉTÉ DRÔLEMENT UTILE DANS LE MANOIR, POUR AIDER LES ENFANTS À...
MON DIEU, LES GOSSES... DIRE QU'À L'HEURE QU'IL EST, ILS SONT TOUJOURS DANS LA MINE ! ET QU'ILS CREUSENT, SANS S'EN DOUTER, VERS LE MONSTRE !
ALLONS VITE CHERCHER DU SECOURS !
AU REVOIR !
SALUT !
ORVOÂÂÂÂR ! ORVOÂÂÂR !
ILS SONT BIEN LONGS À ARRIVER, LES SECOURS...
MOI, JE N'AI QU'UNE ENVIE : RETROUVER MON LIT... J'EN AI MARRE DE GRATTER LA TERRE...
MOI, JE DONNE UN DERNIER COUP DE GRIFFE ET...
HÉÉÉ ! QU'EST-CE QUI SE PASSE ?!
ÇA S'EFFONDRE !
BROOOOOOOO !
HIIIIIIIII !
ON VA ÊTRE ENTERRÉS !
AU SECOURS !
BROOOOOOO !
40
ARRÊTEZ ! ARRÊTEZ ! ÇA NE S'ÉBOULE PLUS !
AH OUAIS ?
T'ES SÛR ?
FLOCHLORPSCHLORPFLP...
FLORCHLORFLORCHLFLLLP !
BON SANG ! QU'EST-CE QUE C'EST QUE CETTE CHOSE ?
HORREUR !
UN MONSTRE ! UN MONSTRE GIGANTESQUE !

REGARDEZ ... DES AUTOMOBILES !
C'EST SÛREMENT LES PARENTS INQUIETS...
ALLONS VITE LES PRÉVENIR ...
ALLEZ TOUS AU MANOIR DE LA BOBÊCHE ! TOUS VOS ENFANTS SONT LÀ-BAS ! MAIS ALLEZ-Y VITE, ILS COURRENT UN GRAND DANGER !
MAIS ENFIN, BOUTURE, QU'EST-CE QUE C'EST QUE CETTE HISTOIRE ?
ET C'EST QUOI, CET ACCOUTREMENT ?
PAS LE TEMPS DE VOUS EN DIRE PLUS ! APPUYEZ SUR LE CHAMPIGNON DIRECTION MANOIR DE LA BOBÊCHE ! ON VOUS Y RETROUVERA !
?
?
?
?
?
ON DIRAIT QU'IL Y A DU GRABUGE AU MANOIR !
POURVU QU'ON ARRIVE À TEMPS !
PAUVRES GOSSES !
41
QUEL ENFER !
C'EST L'APOCALYPSE !
KOCHEMAAAR !
OH ! LÀ-BAS ! REGARDEZ !
TROP TARD !
LE MONSTRE EST SORTI DE TERRE !
FLOCHLORPSCHLORPFLP...
JAMAIS ON NE RETROUVERA LES ENFANTS VIVANTS ! SNIRFL !
?

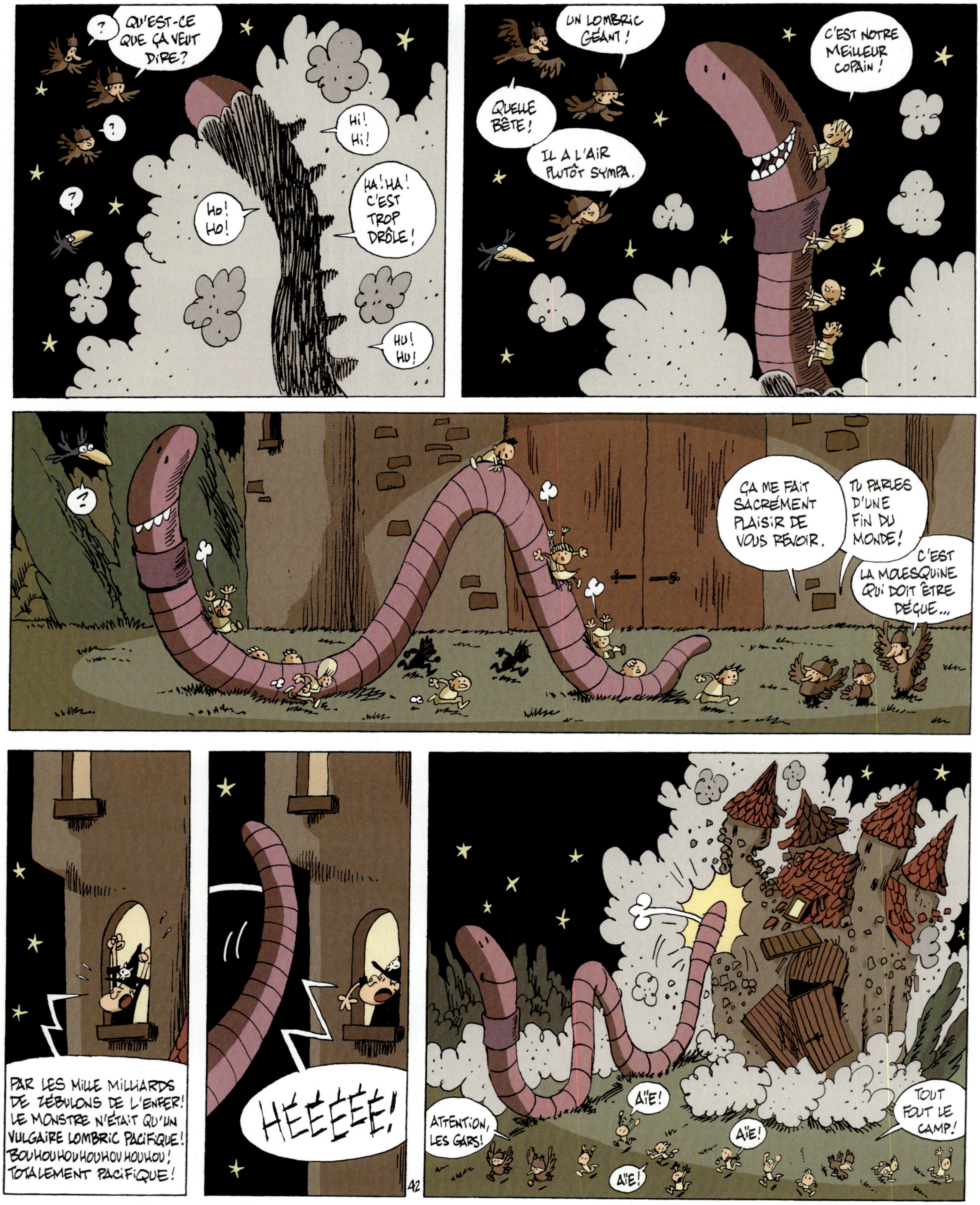
?
QU'EST-CE QUE ÇA VEUT DIRE?
?
?
HI! HI!
HA! HA! C'EST TROP DRÔLE!
HO! HO!
HU! HU!
UN LOMBRIC GÉANT!
C'EST NOTRE MEILLEUR COPAIN!
QUELLE BÊTE!
IL A L'AIR PLUTÔT SYMPA.
?
ÇA ME FAIT SACRÉMENT PLAISIR DE VOUS REVOIR.
TU PARLES D'UNE FIN DU MONDE!
C'EST LA MOLESQUINE QUI DOIT ÊTRE DÉÇUE...
PAR LES MILLE MILLIARDS DE ZÉBULONS DE L'ENFER! LE MONSTRE N'ÉTAIT QU'UN VULGAIRE LOMBRIC PACIFIQUE! BOUHOUHOUHOUHOUHOU! TOTALEMENT PACIFIQUE!
HÉÉÉÉÉ!
42
ATTENTION, LES GARS!
AÏE!
AÏE!
AÏE!
TOUT FOUT LE CAMP!

OUF !... LE VOILÀ QUI S'EN VA.
SALUT, LE P'TIT VER !
SALUT !
REVIENS NOUS VOIR UN DE CES JOURS !
SALUT !
HURMF !
JE ME VENGERAI
BROOOOUUM !
VROOUM !
VROOOUUUM !
BROUM !
MINCE ! VOILÀ LES PARENTS QUI ARRIVENT !
MOI, JE PRÉFÈRE RENTRER À VOL D'OISEAU QU'EN BAGNOLE...
MOI ITOU.
ÇA NE VA PAS DE FUGUER EN PLEINE NUIT COMME ÇA ?! ET SI LOIN DE LA MAISON !
MAIS C'EST À CAUSE DE LA MÉCHANTE SORCIÈRE MOLESQUINE !
QU'EST-CE QUE C'EST QUE CETTE HISTOIRE DE SORCIÈRE ?
BOUHOU ! J'VEUX REVOIR LE GRAND GENTIL VER !
QUELLE GÉNÉRATION !
AAAH ! CES MIOCHES ! TOUJOURS À FAIRE DE STUPIDES JEUX DE RÔLE !
43
EH BEN VOILÀ...
TOUT RENTRE DANS L'ORDRE.
OUÂÂÂÂ... J'SUIS CREVÉE...
VOILÂÂÂ...
DÉJÀ LE JOUR...
QUAND JE PENSE QU'IL Y A ÉCOLE DANS MOINS DE DEUX HEURES...
MOI, J'AI PLUTÔT ENVIE D'ALLER ME COUCHER, RENTRONS...
KWOOÂÂÂRF...

C'EST FATIGANT, CE SOLEIL EN PLEINE POIRE...
OUAIS... JE PRÉFÈRE MILLE FOIS LA NUIT...
HÉ, VOUS SAVEZ QUOI, LES GARS ?

...JE CROIS QU'ON EST DEVENUS DES NOCTURNES.